24364

REFLEXIONS

SUR UN ARTICLE

DU PREMIER MERCURE

DE JANVIER 1776.

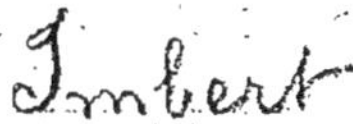

LETTRE
DE M. IMBERT
A M. DE LA HARPE.

DEPUIS long-tems, Monsieur, je recueille les arrêts qui émanent de votre tribunal littéraire ; la formule doctorale, dont ils font revêtus, les rend très - curieux. Le talent même que vous protégez , avec une louange , reçoit toujours une leçon. Je vous avoue pourtant que je n'en ai pas toujours ri. Je n'ai pu, fans indignation, vous voir en-doctriner dédaigneufement vos rivaux ; mais comme je n'avois pas l'orgueil de m'ériger en

A

vengeur public, je me condamnois au silence. Vous venez de m'offrir généreusement une occasion de parler ; souffrez, MONSIEUR, que j'en profite. Ce que vous nous dites est toujours *l'avis de tous les Connoisseurs ;* ce que je vais vous dire est l'avis de tous les honnêtes gens.

J'ai lu, MONSIEUR, votre petite sortie de quarante pages contre l'Auteur de la Métromanie. Vous avez réfuté dans le premier Mercure de Janvier une Notice des ouvrages & de la vie de Piron, que j'avois insérée dans le *Journal de lecture ;* & vous l'avez fait avec cette modestie & cette aménité qu'on vous connoît. Je vois bien, MON-SIEUR, que vous ne laisserez jamais impuni un éloge de Piron.

A sa mort, j'ai fait très-innocemment une Elégie, & votre équité s'est révoltée soudain contre les louanges que je lui donnois ; vous avez craint que l'exemple ne devînt contagieux, & pour arrêter les progrès du mal, vous y avez apporté le correctif de la critique & même de la satyre. Long tems après, j'effaye de faire connoître aux Etrangers quelques beautés de fes ouvrages ; & voilà qu'on vous voit encore, armé d'une noble indignation, me demander raifon de mes éloges ; mais, pour cette fois, comme c'étoit de ma part une rechûte, & qu'en homme équitable, vous aimez à proportionner la punition à la faute, vous avez châtié plus féverement & plus longuement le Panégyrifte.

Ce n'eft pourtant pas le reffentiment qui me fait prendre la plume ; j'écris encore moins pour défendre mes *Réflexions littéraires*, qui ne valoïent pas même la peine d'être attaquées. Je ne cherche qu'à venger un homme de génie dont vous infultez la mémoire. Vous prétendez qu'en louant Piron, je fuis de mauvaife foi ; nous allons voir en peu de mots qui mérite le plus cette qualification, de vos critiques ou de mes louanges. Vous avez malignement tronqué ou altéré mes citations ; vous avez quelquefois exagéré mes éloges pour les rendre ridicules ; & quand vous avez eu à reprendre juftement Piron, vous l'avez toujours fait d'une manière fi peu décente, qu'on pourroit dire que la rai-

fon même a tort en paſſant par votre bouche,

Quand j'écrivis mes réflexions ſur Piron ,
je les deſtinois à un Journal dont le but eſt
de mettre ſous les yeux du Lecteur les beautés d'un ouvrage, & non d'en relever les défauts. D'ailleurs j'ai bien moins prodigué la
louange que vous ne voudriez le perſuader ;
plus d'une fois, en prouvant contre Piron ,
vous ne prouvez rien contre moi , & je vois
que vous avez bien moins ſongé à réfuter
mes éloges qu'à débiter votre ſatyre. Vous
l'avez pouſſée un peu loin : c'eſt ce qu'il faut
prouver. Pour combattre vos raiſons, il me
ſuffira ſouvent de les tranſcrire , ou de leur
donner un tour plus précis ; car pour éviter
le danger de l'examen , vous vous êtes enve-
loppé quelquefois d'une utile prolixité ; vous
avez cru par-là diſtraire le jugement du Lecteur ou effrayer ſa pareſſe. Pour moi, qui
n'apportois à la lecture de votre extrait ni
pareſſe ni diſtraction , j'ai tâché de voir au-
delà de la ſuperficie , & je crois être entré
dans tous vos ſecrets. Commençons.

En citant l'Ecole des Pères , je n'avois pas

dit un mot d'éloge ; & vous, pour me réfuter, vous en avez dit beaucoup de mal ;
c'étoit, sans doute, pour répondre à mon
silence.

J'avois dit, en parlant de Calisthène : *Cette
pièce, quoique dans le genre admiratif, fourmille
des plus grandes beautés.* J'abandonne volon-
tiers cette phrase à votre longue critique ;
mais si vous aviez quelque reproche à me
faire du côté du style, au moins me deviez-
vous des éloges & de la reconnoissance pour
avoir dit que la pièce manquoit d'intérêt. Je
crois, en effet, que c'est un reproche assez
grave en parlant d'une Tragédie, & il auroit
pu me sauver celui que vous me faites vous-
même d'admirer tout ce qui est sorti de la
plume de Piron. Non, MONSIEUR, je ne
trouve pas bon tout ce qu'il a fait, & je ne
l'ai jamais dit. J'avoue qu'il y a une très-
grande distance entre la Métromanie & les
autres ouvrages de Piron ; mais je crois qu'il
est impossible que l'Auteur de la Métromanie
fasse un ouvrage important, où il n'y ait des
beautés & de très-grandes beautés ; voilà ce
que je pense, & voilà ce que j'ai voulu prou-

ver en donnant une notice de ſes ouvrages.
Comme j'ai cité, plus que je n'ai raiſonné,
vous avez cru que le plus ſûr moyen de
détruire mes éloges étoit d'altérer & de tron-
quer mes citations, je n'entreprendrai pas de
les remettre ici ſous les yeux des Lecteurs :
cet examen nous meneroit trop loin ; mais,
au cas qu'il s'en trouve quelqu'un qui ait un
jour beſoin d'anéantir des beautés qu'il ne
pourroit combattre, je vais lui donner votre
recette ; elle eſt fort ſimple, mais elle eſt
ſûre.

En faiſant connoître les pièces de Piron,
dont je donne quelquefois un extrait ſuivi,
mon deſſein n'étoit pas de compter les bons
vers, mais de citer des maſſes entieres. Il
n'eſt pas étonnant qu'il s'y trouve de mauvais
vers. Que faites-vous alors ? Vous les choiſiſſez avec l'attention la plus ſcrupuleuſe, &
vous ne manquez pas de vous écrier : *Voilà
ce que M. Imbert trouve ſublime !* Quelquefois,
quand deux bons vers ſont liés à deux vers
médiocres, & ne forment qu'une même phraſe, pour ne pas laiſſer perdre au Lecteur le
fil de l'ouvrage que j'extrais, je cite les qua-

tre vers ; & vous, MONSIEUR, vous prenez les deux premiers pour laiſſer la phraſe
imparfaite ; & c'eſt encore, dites-vous, *ce
que M. Imbert trouve ſublime.* Si c'eſt-là de la
bonne foi, je vous dois des remercimens,
quand vous m'accuſez d'en manquer.

Par exemple, à propos des *Courſes de
Tempé*, vous tranſcrivez le commencement
de ma premiere citation ; & le vers où vous
vous arrêtez, c'eſt :

Nous conſultons par où nous pourrons-nous y prendre.

Il eſt bon de dire à vos Lecteurs qu'immédiatement après, ſuivent ceux-ci :

Hylas vient à travers un entretien ſi tendre,
Sans que le contre-tems ſemble vous émouvoir.
  Que venoit-il toutes fois vous apprendre ?
    Belles nouvelles à ſavoir !
    Pour s'occuper à les entendre !
Le nombre de ſes bœufs, celui de ſes moutons ;
La nature des lieux qu'ici nous habitons ;
    Qu'il fait une belle journée ;
  Qu'une telle heure à l'horloge a frappé ;
Que de l'Olympe aux Dieux demeure abandonnée
    Voilà le ſommet eſcarpé ;

A iv

Que c'eſt-là le fleuve Penée ;

Ici, le vallon de Tempé ;

Que pour Doris, enfin, Célémante ſoupire ;

Et qu'elle eſt votre ſœur. En vérité, j'admire

Qu'il n'ait pas dit auſſi que Sylvandre eſt mon nom,

Que vous vous appellez Thémire,

Et votre père, Polémon.

Oui, MONSIEUR, voilà ce qui ſuit immédiatement ; & voilà ce que j'appelle des vers pleins de naturel & de grace, des vers où il n'y a preſque rien à reprendre. Ce n'eſt pas que je vous abandonne tous ceux qui précedent, & que vous notez comme ridicules : les premiers ſont faciles & agréables ; je ne trouve de répréhenſible que le dernier couplet ; encore les fautes que vous remarquez avec raiſon ne ſont-elles pas contre le naturel & la vérité ; ce que vous prétendiez prouver en les citant.

Autre leçon de bonne-foi. Voici, ditesvous en parlant de Cortès, ce que M. Imbert cite comme très-beau ; & vous tranſcrivez ces vers-ci : (c'eſt Aguilard qui conſeille à Cortès d'abandonner le nouveau Monde, parce

que l'armée commence à se lasser & à mur
murer contre lui :)

Ce lac, où vous avez cent barques toutes prêtes ,
Lavant le pied des murs du palais où vous êtes ,
Vous peut faire aisément regagner Tezeuco ;
Ses ports nous sont ouverts ; d'ailleurs à Tabasco ,
Vous le savez , Seigneur , l'ardeur étoit nouvelle ;

Vous vous arrêtez-là , & vous saviez que la
phrase n'étoit point finie ; je vais donc l'ache-
ver :

Et d'un premier butin l'espérance étoit belle ;
Mais le Soldat courbé sous le poids des trésors
Craint de perdre aujourd'hui ce qu'il cherchoit alors.

C O R T È S.

Quand le Soldat , sous moi , marchoit à la victoire ,
S'il cherchoit des trésors, moi , je cherchois la gloire ;
Et m'en étant couvert , je crains , ainsi que lui,
Ce que j'acquis alors, de le perdre aujourd'hui.
Sur ce Soldat enfin , j'ai d'autant plus d'empire ,
Qu'il partage avec moi cette gloire où j'aspire ,
Et que , jusqu'à présent , la peine & le danger
Sont tout ce qu'avec lui l'on m'a vu partager.

Aguilard lui répond qu'*il doit être content*

de la gloire qu'il s'est acquise ; & il continue ainsi :

La fortune en ces lieux vous a fait un accueil
Qui du grand Alexandre eût assouvi l'orgueil.
De l'Hidaspe & du Gange ayant traversé l'Onde,
Sa valeur à l'étroit desira plus d'un Monde ;
Les vœux qu'il fit pour lui, pour vous font exaucés ;
L'Océan l'arrêtoit, & vous le franchissez.
Sur tous ses devanciers César a l'avantage ;
Le Tibre disparoît sous les Lauriers du Tage ;
L'Aigle a du Monde entier fini presque le tour ;
Et l'Espagne est par-tout où luit l'Astre du jour.

Voilà ce que j'appelle de beaux vers, de très-beaux vers, malgré quelques taches ; car où n'en trouve-t-on pas ?

A la fin, les Chefs de l'armée viennent avec Aguilard pour annoncer à Cortès que les Soldats se font révoltés, qu'ils se font nommé un Chef, & qu'ils se disposent à s'embarquer pour retourner en Espagne. Comme les Chefs veulent sortir, Cortès les arrête, & s'écrie :

Arrêtez, la retraite est encore indécise ;
Et quand vous serez prêts tous à m'abandonner,
Peut-être aurai-je encor des ordres à donner :

Voilà donc ces Guerriers qui, de l'Andaloufie,
Devoient par le Couchant débarquer en Afie ;
Et qui ne concevoient dans leur premier defir
De borne à la valeur que le dernier foupir !
Des mers, s'écrioient-ils, franchiffons la barrière,
Et parcourons du jour l'une & l'autre carrière.
Nous te fuivons, Cortès, &c.

Les ai-je mal remplis ces projets magnanimes ?
Ne refpirons-nous pas fous des Aftres nouveaux ?
Une richeffe immenfe a payé vos travaux ;
Je ne me réfervois que la gloire en partage ;
Le bruit en a volé jufqu'aux rives du Tage.

Quelle honte pour vous ! continue Cortès :

Eh ! qui redoutez-vous ? un Peuple méprifable,
Foible, mal aguerri, lâche autant qu'inhumain !
Vous fuyez, & fuyez, les armes à la main !

Voilà ce que j'appelle un vers fublime.

Où font ces cris de joie & ces nobles tranfports
Si conftamment fuivis de tant d'heureux efforts ?
L'abattement par-tout fe préfente à ma vue !
Ma voix dans un défert femble s'être perdue !
Du chemin de l'honneur tous fe font écartés ;
Je refte feul ? eh bien ! je ferai feul ; partez.

Allez, de votre nom démentant la nobleſſe,
Montrer à Tezeuco toute votre foibleſſe ;
Gémir en Supplians où vous parliez en Rois ;
Et demander aſyle où vous donniez des loix !
Partez ; & ſi pour vous l'eſtime refroidie
Ne va pas du mépris juſqu'à la perfidie,
Glorieux d'un butin dont je fus peu jaloux,
Retournez en Eſpagne alors, & vantez-vous
D'avoir abandonné votre Chef aux Barbares ;
Ce chef à qui l'on dut des dépouilles ſi rares !
Qui vous fit ſurmonter tant de périls divers !
Qui de ſon propre corps vous a cent fois couverts ;
Qui veut même en partant vous en couvrir encore.
Oui, que ce dernier trait vous confonde & m'honore !
Venez ! c'eſt moi qui veille à votre embarquement,
Et qui vous défendrai juſqu'au dernier moment.

Voilà, MONSIEUR, ce que j'appelle un mouvement de la plus ſublime éloquence. Tous les vers que dit Cortès ne ſont pas cor‑
rects ; mais tout ſon diſcours eſt plein de verve & d'énergie. On y retrouve par-tout l'éloquence du cœur, & cet enthouſiaſme en‑traînant, par qui le génie du Poëte s'identi‑fie, pour ainſi dire, avec l'ame du héros.

Peut-être vous êtes vous apperçu, MON‑

sieur, que malgré l'ordre des tems, j'ai passé de Califthène à Cortès, & que j'ai fauté pardeffus Guftave. C'eft que vraiment (croyez que je ne fuis pas un barbare) j'aurois voulu éluder de vous en parler encore. Je fens, trop tard il eft vrai, combien l'éloge que j'en ai fait dans le Journal de lecture eft affligeant. Mais du moins, fi je fuis forcé de vous rappeller cette pièce, je vous promets que je la louerai le moins qu'il me fera poffible, & que je cefferai d'en parler le plutôt que je pourrai.

Je dois commencer par vous payer un tribut d'admiration, en tranfcrivant ici le bel endroit de votre extrait.

Si M. Imbert, dites-vous, m'obferve que moi qui dis tant de mal de Guftave, j'en ai fait un (il y a environ dix ans) plus mauvais encore; je lui répondrai que c'eft précifément parce que j'ai fait beaucoup plus mal que j'en parle librement; fi j'avois fait mieux, je n'aurois plus rien à dire.

Ah ! Monsieur, que cela eft bien dit! la belle phrafe ! il y a de l'efprit, de la grace, de la vérité, de la précifion ; il y a tout.

Quand votre Guſtave eût réuſſi, il ne vous eût pas fait plus d'honneur que cette phraſe ne doit vous en faire. Il eſt pourtant vrai que ſi vous avez craint de ma part cette objection, vous me connoïſſiez mal, & vous ne me rendiez pas juſtice ; mais je m'en applaudis, puiſque votre injuſtice envers moi tourne ſi fort à votre gloire. Revenons au Guſtave de Piron.

Je n'ai garde de juſtifier les mauvais vers que vous en avez cités ; je pourrois même groſſir la liſte que vous avez donnée ; je n'ai défendu ni ne défendrai jamais les invraiſemblances de cette Tragédie : il ſe trouve même ſouvent que la critique que vous en faites, n'eſt pas contradictoire à mes éloges ; mais, lorſque vous décidez que la pièce eſt tout-à-fait ſans intérêt, & qu'elle n'excite jamais d'autre ſentiment que la curioſité, je crois que vous abuſez un peu du droit que vous donne la diſgrace de votre Guſtave.

Dans celui de Piron, quand le Tyran, à qui l'on vient de livrer la mère de Guſtave, écrit à ſon fils un billet qui finit par ces mots :

Ou rends-moi la Princeſſe, ou vois mourir ta mère.

Quand Guſtave, qui reçoit ce billet, au moment où il s'applaudit de ſa victoire auprès de ſa maîtreſſe, veut aller ſe remettre au pouvoir du Tyran pour ſauver ſa mère; quand ſa maîtreſſe, pour l'arrêter, l'accable de plaintes & de reproches, & que Guſtave lui répond en s'écriant : *Oui, je ferai un vainqueur malheureux, une victime infortunée, un infidele amant;*

Mais je ne ferai point un fils dénaturé.

Si vous ne trouvez pas la ſituation touchante, ſi vous n'y voyez qu'un ſimple intérêt de curioſité, ſi ce dernier vers ſur-tout ne frappe que vos oreilles, *on ne peut conteſter à perſonne ſon organiſation* : quant à moi, j'avoue que cette Scène m'arrache des larmes; & j'ai toujours vu que ce vers prononcé au Théâtre déchiroit l'ame des Spectateurs.

J'admire ſur-tout, dans vos réflexions, l'explication de ces deux vers que dit Guſtave au Tyran :

Je ne paroîtrois pas avec tant d'aſſurance,
Si ce gage fatal n'étoit en ma puiſſance :

ce qui, selon vous, *ne peut vouloir dire autre chofe, fi ce n'eft qu'il a la tête de Guftave, qui* eft en effet fur fes épaules. Cela eft fort gai affurément ; mais je crois que vous avez ici plus d'efprit que l'Auteur lui-même ; & ce qui me fait penfer qu'il n'a pas couru après l'équivoque, c'eft que les deux vers qui fuivent la détruifent entierement :

C'eft un fpectacle affreux dont vous pouvez jouir ;
Et c'eft à vous, Seigneur, à vous faire obéir.

Ce généreux effort, fi digne d'être admiré, ce noble dévouement qui vous a fait parler de votre Guftave, n'a pas été infructueux. Tel eft l'effet d'une action de vertu, qu'elle laiffe toujours dans l'ame le défir d'en faire une autre. Immédiatement après ce glorieux aveu, vous parlez de la Métromanie, & vous avez l'indulgence de la louer. Cela eft encore beau ! mais votre équité ne s'étend pas jufqu'à moi ; & c'eft encore une leçon de bonne foi que vous donnez gratuitement à vos Lecteurs.

J'avois comparé la Métromanie aux belles pièces de Molière. De-là, vous argumentez

longuement

longuement pour me prouver que Molière eſt
au-deſſus de Piron. Et contre qui vous battez-
vous, MONSIEUR ? Je ne vois là perſonne ; vous êtes ſeul. Vous prenez la lance, la
rondache, vous montez ſur votre palefroi,
vous courez............... Eh ! arrêtez-vous, ce
géant là n'eſt qu'un moulin à vent. Je ſais &
tout le monde ſait que Molière eſt au-deſſus
de Piron. J'ai comparé la Métromanie aux
pièces de Molière ; mais je n'ai pas comparé
Piron à Molière ; & je crois que cela eſt un
peu différent. Dans un ſujet heureux, par une
aptitude particulière à le traiter, on lutte
ſouvent contre un grand Homme, ſans ſe
montrer ſon égal. Je le répete, MON-
SIEUR, Piron eſt loin de Molière, parce
que Molière eſt loin de tous les autres hom-
mes. Je ne les ai jamais mis au même rang ;
on peut comparer les ouvrages ſans comparer
les Auteurs. Si vous aviez fait une bonne
Épigramme, je pourrois bien la comparer aux
Épigrammes de Rouſſeau ; & vous me rendez
aſſez de juſtice pour croire que je ne vous
compare point à Rouſſeau. Il eſt évident,
MONSIEUR, que vous ſongez moins à ce que

B

j'ai dit, qu'à ce que vous avez envie de dire.
Vous faviez très-bien que je n'avois pas mis
Piron au niveau de Molière ; mais vous avez
voulu vous donner le plaifir de prouver qu'il
eft au-deffous.

Voici encore une réfutation à-peu-près
du même genre. J'avois dit, en parlant du
ftyle en général : La précifion eft fi près de
la dureté & du défaut d'harmonie ! *Quel rai-
fonnement, répondez-vous ! ne diroit-on pas
qu'il faut être foible & bavard pour être harmonieux, & qu'on n'eft pas précis fans être dur ?*

Mais, MONSIEUR, par quelle fatalité
faut-il que j'aie fans ceffe à vous répondre :
Je n'ai pas dit cela ? Dire que la précifion
eft près de la dureté & du défaut d'harmonie,
c'eft dire , ce me femble , qu'en courant
trop après la précifion , on rifquoit de manquer d'harmonie. C'eft pourtant là-deffus que
vous vous emportez (prefque avec chaleur),
& que traduifant le *quoufque tandem, Catilina,*
vous vous écriez : *Jufqu'à quand ces héréfies,
qu'en littérature on peut appeller populaires,
ces ridicules apologies du mauvais goût & du
mauvais ftyle, rebattues dans les plats Journaux*

voués à la médiocrité ; gâteront-elles l'esprit des jeunes Littérateurs ?

Je ne crois pas, MONSIEUR, que mon aſſertion ſoit une héréſie ; mais ſi j'avois, comme vous, une miſſion pour prononcer ſur la foi littéraire, j'appellerois bien plutôt hérétique la maxime où vous prétendez, en me réfutant, que l'harmonie ſe trouve partout où ſe trouve l'énergie. Je ne ſais ſi vous croyez à cette maxime-là ; mais je ſoupçonne que vous aurez de la peine à y faire croire. Vous citez pourtant, par exception, Lucrèce ; & vous attribuez cette ſingularité à ſa langue qui n'étoit pas encore formée. Si vous ne parlez pas de Crébillon, c'eſt que vous le trouvez, ſans doute, harmonieux ; car vous lui accordez ſûrement de l'énergie.

Mais il me vient une idée. Nous diſputons peut-être en cet endroit, ſans nous entendre. Nous aurions dû définir l'énergie. Peut-être votre énergie n'eſt elle pas celle de tout le monde. Je le ſoupçonne, d'après ces quatre vers de Corneille que vous citez :

Appui de ma vieilleſſe & comble de mon heur,
Touche ces cheveux blancs à qui tu rends l'honneur;

Viens baiſer cette joue & reconnois la place
Où fut empreint l'affront que ton courage efface.

Il y a de l'ame dans ces vers là ; ils ſont nobles, harmonieux ; mais je ne crois pas que leur qualité dominante ſoit l'énergie. Des vers énergiques du même Auteur ſont ceux-ci :

Le fils tout dégoûtant du meurtre de ſon père,
Et, ſa tête à la main, demandant ſon ſalaire.

Voici, MONSIEUR, une autre citation, où je crois que vous n'avez pas été plus heureux. Il s'agit de quelques vers de M. de Voltaire.

Loin de moi le coupable projet d'inſulter la vieilleſſe & le génie. J'ai quelquefois écrit à M. de Voltaire ; j'ai reçu de lui quelques Lettres, que je n'ai point fait imprimer ; j'ai plus d'une fois rendu hommage au Chef de notre Littérature, & mes ouvrages en font foi. Mais comme, en le louant, je n'attendois & ne deſirois d'autre ſalaire que le ſentiment d'avoir été juſte, je l'ai fait en homme libre & indépendant qui fuit avec autant de ſoin la baſſeſſe qui flatte, que l'audace qui outrage. Je n'ai pas loué dans M. de Voltaire l'ami de mes amis, ou l'ennemi de mes ennemis : j'ai loué M. de Voltaire, non parce qu'on le loue, mais parce qu'on doit le louer ; & si je m'étois permis contre lui quelques écrits injurieux, je tremblerois moins de sa haine, que je ne rougirois de mon injustice.

D'après ces sentimens, on ne doit imputer à aucun motif les réflexions que je vais me permettre. Les principes que j'ai adoptés, & dont je ne me départirai jamais, ne sauroient compâtir avec les idées d'intrigue & de cabale ; je ne connois & n'embrasse d'autre parti en littérature, que le parti de l'honnêteté & du talent.

Vous opposez à quelques vers de l'Epître à Mademoiselle Chéré, des vers de M. de Voltaire que je ne connoissois pas, ou que j'avois oubliés. Si vous les aviez cités pour la ressemblance seulement, je n'aurois rien à vous répondre ; mais, pour la supériorité du style, j'ose vous avouer que je ne l'ai point sentie. Je serois ridicule à mes propres yeux, si en contestant le mérite de ces onze

B iij

vers, je craignois d'enlever quelque chofe à la gloire de M. de Voltaire. Les voici :

> Jardins plantés en fymétrie,
> Arbres nains tirés au cordeau ;
> Celui qui vous mit au niveau
> En vain s'applaudit, fe récrie,
> En voyant ce petit morceau :
> Jardins, il faut que je vous fuie ;
> Trop d'art me révolte & m'ennuie ;
> J'aime mieux ces vaftes forêts :
> La Nature libre & hardie,
> Irrégulière dans fes traits,
> S'accorde avec ma fantaifie.

Je fens bien, MONSIEUR, la grace de ce mouvement :

> Jardins, il faut que je vous fuie.

Je fens bien auffi que le dernier vers :

> S'accorde avec ma fantaifie,

renferme une idée agréable ; mais je ne fuis pas frappé de la beauté de l'expreffion. Peut-être pourroit-on défendre ces vers-là ; mais il me femble, qu'en parlant de M. de Voltaire, on ne doit pas les citer ; le nom de M. de

Voltaire les gâte ; & fi je m'étois extafié là-deffus comme vous faites, j'aurois cru mon admiration plus infultante que flatteufe pour lui.

Dans les cinq premiers vers, on pourroit, fans injuftice, defirer une expreffion plus poétique. *Plantés en fymétrie & tirés au cordeau,* pourroient bien paffer affurément pour de la profe ; car la profe ne s'exprimeroit pas autrement ; mais les trois fuivans furtout me paroiffent inconcevables :

Celui qui vous mit au niveau,

En vain s'applaudit, fe réctie,

En voyant ce petit morceau.

Je vous jure, MONSIEUR, que je parle de bonne foi : *En voyant ce petit morceau,* m'a fait douter que ces vers fuffent réellement de M. de Voltaire ; & je ne peux le croire encore qu'en me perfuadant que ce dernier, au moins, a été travefti par le Copifte ou l'Imprimeur. J'avoue que ce vers,

Celui qui vous mit au niveau,

eft fans épithète ; mais, à dire vrai, je n'au-

rois pas été fâché d'y en trouver une de
celles que vous reprochez tant aux vers de
Piron, qui ont de la facilité, de la grace &
de l'harmonie :

> Lieux où la folle induſtrie
> Arrondit tout au ciſeau ;
> Où rien aux yeux ne varie ;
> Où tout s'aligne au cordeau
> De la froide ſymétrie ,
> Ou de l'ennuyeux niveau.

J'ai toujours oüi-dire que le ſecret de la
poéſie, pour uſer d'un mot bas ou technique,
étoit de le faire paſſer à la faveur d'une épithète. Apparemment, MONSIEUR, vous
avez fait comme les Médecins de Molière :
vous avez changé tout cela. Il me ſemble que
vous n'êtes pas heureux en citations. Vous
cherchez des vers énergiques dans Corneille
qui en a tant, & vous choiſiſſez dans ſes neuf
Volumes quatre vers qui ne ſont pas énergiques. Vous cherchez des vers charmans dans
M. de Voltaire qui en eſt plein, & vous choiſiſſez des vers médiocres. Cela eſt malheureux ; car c'eſt ſur-tout par les citations,

qu'on fait preuve de goût. Il fuffit quelquefois d'avoir écouté , pour débiter de bons
principes ; mais il n'appartient qu'au jugement
d'en faire une jufte application. J'ai vu fouvent des differtateurs dont on citoit le goût,
& dont il ne falloit vanter que la mémoire.

Je ne m'arrêterai point à vos remarques
fur mes faûtes de ftyle, critiques fouvent auffi
fauffes que minutieufes. Lorfqu'en relevant
dans ma profe l'expreffion de *ftyle rocailleux*,
vous me dites fort gravement que vous ignorez
ce que c'eft qu'un *ftyle rocailleux* , je pourrois
bien vous l'apprendre par des exemples ; &
je ferois peut-être plus heureux que vous en
citations ; mais cette remarque, votre favan-
te diftinction de *dureté* & d'*âpreté* , & tant
d'autres obfervations , tout cela eft trop gai,
pour y répondre férieufement *. Au refte, il
ne feroit pas étonnant qu'il m'échappât des

---

* L'ufage me permettoit de défigner la dureté par
l'expreffion depuis long-tems reçue de *ftyle rocailleux* ;
mais M. de la Harpe ne doit pas me le permettre ,
parce qu'un homme qui loue Piron ne mérite aucune
grace.

fautes de ſtyle ; on ne doit pas ſavoir écrire en proſe , quand on eſt *jeune ,* & qu'on a *quelque talent pour la poéſie ;* mais vous , M o n- s i e u r , vous écrivez bien en proſe ; pour- quoi donc , (s'il m'eſt permis de juger mon Juge ,) pourquoi laiſſer échapper de ces ex- preſſions : *Je ne me rappelle pas d'avoir entendu ?* Tout le monde ſait qu'on dit ſe ſouvenir d'une choſe , & ſe rappeller une choſe. Je ne veux point attacher l'œil de la critique ſur chacune de vos expreſſions ; mais je ne peux m'empê- cher de tranſcrire cette élégante période :

» Faut-il répéter encore que dans Virgile ,
» dans Horace , dans Tacite , dans Racine ,
» dans M. de Voltaire, l'énergie du ſtyle, *c'eſt-*
» *à-dire* le degré de force que l'expreſſion peut
» donner à la penſée , la préciſion ; *c'eſt-à-dire*
» la ſobriété des termes qui rejette toute inuti-
» lité, s'uniſſent toujours à l'harmonie ; *c'eſt-*
» *à-dire* à cet *accord* heureux des ſons , de la
» meſure & du mouvement, avec le ſentiment
» & l'idée, *accord* qui eſt le chef-d'œuvre de
» l'art ! « (Pourquoi , M o n s i e u r , vous arrêter ſi-tôt ? il falloit ajouter : de l'art , *c'eſt-à-dire* de l'Orateur & du Poëte ; votre

phrafe fe trouvoit plus régulière & plus ar-
rondie, fans rien perdre de fa légèreté.)

Ceci me rappelle que c'eft fur-tout la légèreté qui a de tout tems caractérifé vos plaifanteries. Piron dit qu'à la repréfentation de
Califthène, le poignard que fon Héros rece-
voit * alors de Lyfimaque, fe rompit dans fa
main : *Ce n'eft pas, répondez-vous, le poignard brifé de Lyfimaque, qui fit tomber Califthène ; c'eft le poignard de Melpomène, qui fe
rompit dans les mains de l'Auteur.* Comme cela eft
heureux ! que cette plaifanterie eft vive & lé-
gère. Elle eft digne des *Provinciales.*

Mais voici un endroit où vous vous êtes
furpaffé : *Je ne me rappelle pas, dites - vous,
depuis que je fuis au monde, d'avoir entendu rien
louer de la vieilleffe de Piron, fi ce n'eft fa bonne fanté & fes digeftions ; & en vérité, c'eft
bien quelque chofe. Mais jufqu'où mène la fureur du panégyrique, & l'envie de dire quelque
chofe ?*

Qu'on vienne encore vous difputer le ta-

----

* L'Auteur a changé ce détail à l'impreffion de fa
piéce.

lent de la plaifanterie. Oh'! comme les Saumaifes futurs commenteront les beautés dont tout ce morceau étincelle ! D'abord cette aimable gentilleffe, *& en vérité, c'eft bien quelque chofe*, eft pleine de naturel & de grace ; cela n'eft point du tout grimacé. Et puis *ce quelque chofe* qui correfpond & joue finement avec *le quelque chofe* qui fuit deux lignes après, rien de plus galant, M o n- s i e u r ; vous n'êtes pas toujours correct ni impartial ; mais vous étes plaifant : & en vé- rité, c'eft bien quelque chofe.

Il eft tems de finir les difcuffions ; fi vous n'aviez fait que de trifes plaifanteries, ou de faux raifonnemens, on auroit pu vous combattre ; mais, du moins, on n'auroit rien à vous reprocher. Ce qui frappe le plus dans votre longue difcuffion, c'eft la manière ou- trageante dont vous parlez d'un homme que vous auriez dû refpecter ; c'eft cette morgue doctorale & infultante que vous donnez fou- vent pour des raifons. A chaque inftant, les ouvrages de Piron font de ces chofes *que per- fonne ne lit :* Eft-il un feul homme qui con- noiffe autre chofe de Piron que la Métro-

manie ? Tout le monde fait *qu'un style dur &*
barbare qui offenfe également l'oreille & la Gram-
maire , eft d'un bout à l'autre le style de Guftave.
A chaque inftant chez Piron , c'eft tantôt *un*
amas de folécifmes & de barbarifmes, & d'ex-
preffions ridicules , tantôt de la profe rimée, pla-
tement burlefque, &c. &c. & toujours , c'eft
un homme qu'on ne lit plus. Eh ! MON-
SIEUR, ne favez-vous point que la modeftie
n'eft jamais hors de faifon ? Apprenez donc,
puifque vous l'ignorez , qu'elle eft dans les
uns une vertu, & dans les autres un devoir.

Mais le ton magiftral vous eft fi familier,
que fort fouvent vous vous embarraffez peu
que vos paroles ayent un fens, pourvu qu'el-
les ayent l'air du mépris. Par exemple, que
veut dire cet axiôme cavalier : *L'éloge de*
Piron ne devoit pas tenir plus de quatre pa-
ges ? Je ne vous dirai pas combien il eft plaifant que vous n'accordiez que quatre pages
pour fon éloge, tandis que vous en employez
quarante à faire fa fatyre ; je vous demanderai feulement ce que vous entendez. Eft-ce
un éloge pur & fimple en peignant fon génie ? En ce cas, c'eft trop de quatre pages ;

on peut faire, en peu de lignes, celui d'Ho-
mère: Eft-ce un éloge prouvé par des citations
raifonnées ? Une feule Notice de la Métromanie, que vous voulez bien approuver vous-
même, vous feroit affurément fortir de vos
quatre pages. Je vois, en un mot, dans cette
bravade, le defir d'infulter plutôt que l'envie
d'avoir raifon. C'eft pourtant vous, qui accufez
Piron d'avoir manqué de modeftie........
Mais je m'avife ici : je crains de calomnier
votre intention. Quand vous taxez un Auteur
de n'être pas modefte, (il eft bon de s'ex-
pliquer,) eft-ce, dans votre bouche, un reproche, ou un éloge ? Si, par hafard, c'étoit
un éloge, malheureufement il feroit en pure
perte. Vous avez beau entaffer preuve fur
preuve ; Piron ne paffera pas moins pour
modefte. Quelques faillies enfantées par le
moment, par une verve irréfiftible, l'envie
de dire un bon mot, ou le légitime orgueil
de fe défendre ne prouvent rien contre la
modeftie. Au refte, le dernier trait que vous
citez à l'appui de votre affertion m'étoit connu ; mais l'interprétation que vous lui donnez
m'a paru neuve. Piron répondit à M. de Vol-

taire, qui lui demandoit ce qu'il penfoit de Sémiramis : *Vous voudriez bien que je l'euffe faite* ; ce qui prouve, felon vous, que depuis le fuccès de Guftave, il croyoit balancer la gloire de M. de Voltaire. J'aime prefque autant l'explication que fait Covielle au Bourgeois Gentilhomme : *Marababafahem*, veut dire : Ah ! que je fuis amoureux d'elle. Il eft certain, du moins, que fi ce mot de Piron cache beaucoup d'orgueil, il falloit être fin Connoiffeur pour le deviner.

Quant au reproche de méchanceté, fondé fur le nombre de fes Epigrammes, je ne m'y arrêterai point ; il eft tous les jours réfuté par ceux qui ont connu Piron. Soixante Epigrammes, felon vous, annoncent un deffein fuivi d'être méchant. Pour moi, je penfe tout bonnement que foixante Epigrammes plaifantes annoncent moins de méchanceté, qu'une feule Epigramme méchante. Je ne connois pas toutes les Epigrammes contre l'Abbé Desfontaines ; mais on fait que Piron ne fe permettoit aucune perfonalité.

Vous me demandez plufieurs fois pourquoi je loue Piron. *Quel eft le but de M. Imbert.*

dites-vous ? *Veut-il flatter Piron qui ne l'entend plus ?* . . . . . . Je me crains moi-même en répondant à cette queſtion ; je crains l'indignation qu'elle doit exciter dans un cœur ſenſible ; & un ami qui l'auroit écrite ceſſeroit d'être mon ami. Quoi ! vous êtes ſurpris que je loue Piron, parce qu'il eſt mort ? Je le louerois moins , s'il vivoit encore ; & je peux me rendre ce témoignage : que jamais, en lui parlant, je n'immolai la vérité à des intérêts particuliers. Oui, M O N S I E U R , vous dites vrai ; je l'ai connu & je l'ai aimé ; & c'eſt parce que je l'ai connu que je l'ai aimé. Son eſprit fut quelquefois injuſte ; mais ſon cœur fut toujours ſenſible. Il ne m'entend plus , il eſt vrai ; il ne lira point ce que j'écris pour ſa défenſe ; mais j'aurai là ſatisfaction de l'avoir écrit. *Quel que ſoit le ſort des Mortels ,* dit J. J. Rouſſeau, *quand ils ont invoqué les Dieux, ils ſont plus tranquilles.* C'eſt ainſi qu'un ami eſt conſolé par un hommage rendu à l'amitié, lors même qu'on ne l'entend plus. Il ſe peut, M O N S I E U R , que prenant autant de plaiſir à leur Piron, que vous en avez à le dénigrer, mon attachement

à

à fa mémoire me rende trop indulgent pour fes défauts ; mais je crois que tout le monde , vous excepté, aimeroit encore mieux fe tromper comme moi , que d'avoir raifon comme vous. Je fais que Piron ne peut plus aujourd'hui ni me nuire par fes Epigrammes , ni me fervir par fes éloges ; mais fi vous êtes étonné qu'on puiffe louer un homme fans avoir rien à craindre , & fans rien attendre de lui , je vous confeille , au moins, de ne faire qu'à vous cette confidence.

Mais vous , MONSIEUR , vous favez qu'on imprime dans ce moment les Œuvres de Piron au profit de fes héritiers , & vous vous acharnez à décrier fes ouvrages. Vous me demandez pourquoi je dis le bien ; je vous demande à préfent , pourquoi vous dites le mal ?

Il eft vrai que vous donnez à Piron le titre d'homme de génie : *C'eft un homme de génie*, dites-vous page 131, *qui a fait un bel ouvrage & quelques bagatelles piquantes.* Vous répétez ailleurs le même éloge ; mais la fatyre fuit toujours fidellement la louange ; il me paroît que vous vendez cher ce que vous donnez. Mais ſi vous traitez auſſi leſtement le génie, comment le génie vous traitera-t-il ?

A propos de génie, j'oubliois une obſervation aſſez importante ; permettez-moi de remettre ſous vos yeux une des phraſes de votre extrait. En parlant du genre larmoyant, vous vous exprimez ainſi : *M. Imbert a grand tort de rapprocher en ce genre M. de Voltaire & Piron , qui même en aucun genre ne doivent être rapprochés , parce qu'ils n'ont rien de commun.*

Comment, MONSIEUR! vous dites que Piron eſt un homme de génie, & vous prétendez que M. de Voltaire n'a rien de commun avec Piron ! Eh ! que vous a donc fait M. de Voltaire ? Avez-vous déclaré la guerre à tous les grands noms ? Quoi ! l'Auteur de Mérope, d'Alzire, de Mahomet, &c. &c. n'a rien de commun avec un homme de génie ! Quelle carriere faut-il donc fournir, quels lauriers faut-il moiſſonner, ſi M. de Voltaire n'a pas encore acquis le droit de paſſer pour un homme de génie ? Eſt-ce donc à vous qu'il faudra prouver ſes titres que perſonne ne contredit ?

Le reproche que je vous fais n'eſt pas calomnieux. Je n'ai fait que rapprocher vos réflexions, ſans y changer un ſeul mot. Mais ſi, par haſard, vos expreſſions ont contredit votre penſée, vous voyez par là, MONSIEUR, (pardon, ſi je vous donne des conſeils, à vous qui donnez des leçons à tout le monde,) vous voyez que la fureur de mépriſer, & comme vous dites fort bien, *l'envie de dire quelque choſe* expoſe ſouvent à faire une bévne.

On eſt pourtant moins étonné de vous voir traiter durement Piron : par une note où vous parlez de quelques Epigrammes contre vous, vous avez pris ſoin de mettre vos Lecteurs au fait ſur vos motifs. Mais moi, MONSIEUR, je ne fais point d'Epigrammes ; il n'y avoit rien entre vous & moi ; vous m'avez même pris affectueuſement la main à la derniere Séance Académique de la Saint Louis. Il me ſemble que j'avois lieu d'attendre de vous des corrections un peu plus fraternelles, & des expreſſions un peu plus douces que celles-ci :

Il faut écrire mieux lorſqu'on juge.

Un Ecrivain qui auroit plus de droit de parler affirmativement auroit dit , peut-être.

On ne peut contester à personne son plaisir ; mais si M. Imbert est à-peu-près le seul qui ait ce plaisir , on peut lui contester son goût.

Et page 110. On peut remarquer ici combien il est rare , *parmi les jeunes gens qui montrent quelque talent pour les vers , (car M. Imbert a donné des preuves de ce talent dans le Jugement de Pâris ,) d'en trouver un capable d'écrire quelques pages en profe qui puiffent plaire à un Lecteur fenfé , où il y ait quelque jufteffe dans les idées & dans les conftructions , & où l'Auteur s'entende lui-même.*

Cela est trop honnête, MONSIEUR ; en vérité, vous me rendez confus. Comme il étoit à craindre que ma modeftie ne m'empêchât de me reconnoître à ce portrait ; par une adreffe vraiment oratoire, vous avez jetté une parenthèfe , *car M. Imbert ,* &c. ce qui répand fur tout ce morceau une clarté éblouiffante ; & voilà de ces traits qui décélent l'homme qui penfe, & le grand Ecrivain.

Un ami , l'autre jour , en écoutant ces aménités littéraires, m'interrompit pour me de-

mander, fi quelque aventure nous avoit brouil-
lés, vous & moi. Il s'imagina que vous m'en
vouliez perfonnellement. Je me hâtai de vous
juftifier : je lui dis que faute de vous connoître, il étoit injufte envers vous ; & que
vous écriviez ces chofes-là , comme La Fon-
taine écrivoit fes Fables , par inftinct & fans
malice. Cependant je vous fupplie de me dé-
livrer d'un doute qui m'embarraffe. Lors même
que vous êtes fans paffion , on cherche en vain
dans vos écrits cette urbanité qui diftingue le
monde choifi. On ne peut pas vous accufer
d'ignorance à cet égard ; on fait que votre
éducation eft finie entierement, & que vous
avez vécu & vivez encore dans la très-bonne
compagnie. Je vous prie donc de me dire , fi
les honnêtes gens qui écrivent ont une autre
langue que les honnêtes gens qui parlent.
Mais en attendant que vous m'ayez éclairci,
& que vous ayez dit votre fecret , on aura
de la peine à accorder le ton de vos écrits
& celui de vos fociétés ; & cette contradic-
tion fera mettre vos extraits au rang des
énigmes qui les efcortent tous les mois.

Ce n'eft pas que je me refufe à me voir critiqué : cette prétention feroit abfurde ; qui cherche des Lecteurs doit s'attendre à trouver des Juges. J'acheve de faire imprimer un Roman en deux volumes ; vous pouvez exercer fur lui la critique la plus févere ; je profiterai avidement des lumieres que vous pourrez me donner. Mais un Homme de Lettres n'attend d'un autre que des confeils , & non pas des leçons. La plus faine critique eft répréhenfible , quand elle eft dure ou malhonnête ; la critique honnête eft refpectable , lors même qu'elle eft injufte.

Je fais que M. de Voltaire fe livre fouvent à des hoftilités. Mais on voit , du moins , un homme en courroux, qui fe croit offenfé , & qui court à la vengeance , un Ecrivain dont le reffentiment entraîne la plume, & qui exprime vivement ce qu'il a vivement fenti : c'eft le ftyle de la paffion. L'indignation , qui le fait écrire, devient fon excufe auprès du Lecteur; & l'on aime encore mieux la haine qui éclate , que l'orgueil qui infulte de fang-froid. M. de Voltaire , tout couvert de lauriers, ne s'eft jamais permis ce ton magiftral qu'on ne prend jamais quand on a droit de le prendre.

Qu'on life toutes fes Préfaces, fes écrits même polémiques, on y trouvera plus d'une fois l'expreffion du reffentiment ; mais ce froid mépris qui annonce une profonde eftime de foi-même lui fut toujours étranger.

Je ne vous demanderai pas, MONSIEUR, quels font vos titres, parce qu'il n'en eft point qui autorifent un defpotifme auffi fingulier. Pour moi, vous voyez que je ne me fuis permis aucune perfonnalité ; & que me faifant une loi de ne point quitter mon fujet pour courir après l'Epigramme, je me fuis interdit toute excurfion fur vos ouvrages, parce que vos ouvrages font étrangers à notre difcuffion. Ne croyez pas non plus que j'aie envie de m'engager dans ces triftes combats, qui deshonorent jufqu'au vainqueur ; je vois qu'on s'y permet fouvent ce que je pourrois bien ne pas trouver littéraire. J'ai voulu feulement vous dire une fois ce que je penfe de vos facéties doctorales. J'ai voulu vous avertir qu'un homme qui cultive les Lettres comme vous, n'eft pas fous votre férule ; que cette morgue magiftrale, qui vous eft fi familiere, excite autour de vous un rire univerfel ;

que la fnreur de vous adreſſer toujours aux *jeunes gens*, d'endoctriner ſans ceſſe les *jeunes gens*, ne fait pas oublier que vous êtes jeune vous-même ; que vous ne gagnez rien du tout à cet air de raiſon & de maturité, & qu'il ne vous donne pas une année de plus, ni un ſeul ouvrage de moins ; & qu'enfin les arrêts, qui ſortent de votre tribunal, reſſemblent au ton- nerre de Salmonée, qui, en grondant aux oreilles d'un homme ſage, peut bien devenir importun ; mais qui n'eſt jamais effrayant.

J'ai l'honneur d'être, &c.